KB192749

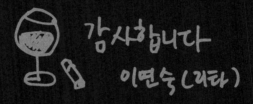

감사합니다

이면숙(귀타)

아빠 소설

wefic

아빠 소설

이연숙

위즈덤하우스

차례

'그래 씨발 소설을 써야겠다.'

    갑작스럽게 낮잠에서 깨어난 엘릭은
그렇게 생각했다. 낮잠이라 하기엔 이미
바깥이 많이 어두워져 있었지만 어차피
하루를 늦게 시작했기 때문에 엘릭은 그냥
그렇게 부르기로 했다. 짧은 꿈속에서 어떤
여자와 어떤 남자가 나왔던 것 같다. 어떤
남자는 안경을 꼈고 숙맥처럼 보이지만
내면에 억압된 욕망이 있을 것만 같이 묘한

색기를 풍기는 인상이었는데 생각해보니
얼마 전 읽은 만화책에 나온 인물을 닮았다.
어떤 여자 쪽은 어땠더라? 왠지 엘릭에게
화가 났던 작고 앙칼진 긴 머리의 그 여자는
생각해보니…… 정말로 엘릭과 몇 주 전
싸웠던 그 여자다. 희한하게도 꿈에는 더듬어
생각할수록 선명해지는 부분이 있다. 그런데
더듬어서 선명해질 수 있다면 과연 그 부분이
꿈의 일부였던 게 맞을까? 깨어난 뒤에
마음속으로 원하고 있었던 것을 저도 모르게
덮어씌운 게 아니고?

　'왠지 지금이라면 쓸 수 있을 것 같아.
완전 가능. 지금까지 쓴 건 다 엎자.'

　엘릭은 마감일이 이미 훌쩍 지났지만
절반 이상 쓰지 못한 원고를 떠올리며

그렇게 생각했다. 그 망할 놈의 원고 때문에 지난 일주일간 집 반경 2킬로미터 이상을 벗어나본 적이 없었다. 마트에서 생필품을 사고 집 근처 카페에서 미팅을 하고 최소한의 걷기를 위해 산책을 하는 것 빼고는 전부 다 사치였다. 하지만 이렇게 하지 않을 수도 없었다. 여태 마감이 아무리 늦어도 진심으로 화낸 적 없던 사람 좋은 편집자는 며칠 전 결국 웃음기라고는 찾아볼 수 없는 건조한 카카오톡 메시지를 보냈다. 선생님 바쁘신 건 알지만 저희 쪽에서도 이 이상 일정을 늦출 수는 없습니다. 제발 부탁드립니다 마지막 문장은 온점이 찍히지도 않은 채 왔다. 알다시피 온점은 인내심의 반영이다. 온점을 찍지 않았다는 건 너 같은 새끼를 참아줄 여유가 점점 바닥나고 있다는 완곡한 표현이다. 물론 디지털 감정 독해력이 없거나 그런 능력을 굳이 필요로 하지 않는 사람들도 있다. 엘릭의 이전 집주인처럼 말이다. 70대 여성 노인인 그가 보내온 월세 독촉 문자에는 늘 맞춤법과는 상관없이 글자 사이사이에 온점이 마치 데코레이션처럼 뿌려져 있었다. 하지만 엘릭도 엘릭의 편집자도 그런 케이스는 아니었다.

엘릭은 카카오톡 알림을 괴롭고도 고통스럽게 응시하다가 '안읽씹' 상태로 다섯 시간 방치했다. 그러다가 편집자의 공식적인 퇴근 시간이 되기 전 마침내 답장했다. 선생님 정말 죄송합니다. 어떻게든 주말 내로 끝내겠습니다. 엘릭은 폐를 끼쳐 다시 한번 정말 죄송합니다라고 덧붙였다가 지웠다. 아니 그렇게 죄송한 줄 알면 빨리 썼어야지 말만 참 잘한다 싶어 스스로가 가증스럽게 느껴진 탓이었다. 금세 '1'이 사라졌지만 몇 분이

지나도 편집자는 답장하지 않았다. 엘릭은 편집자와 관계를 끊고 싶지 않았다. 약속한 대로 주말까지 원고를 끝내지 못한다면 좋든 싫든 그렇게 될 게 분명했다. 이제 주말까지는 약 사흘의 시간이 남아 있었다.

　엘릭은 원래부터 그렇게 글을 빨리 쓰는 스타일은 아니었지만—대체 그게 뭔 스타일씩이나 되는지는 차치하고—이번 원고는 전혀라고 해도 좋을 정도로 유독 진도가 나가지 않았다. 엘릭은 물론 그 이유를 알고 있었다. 하지만 바로 그 이유 때문에, 죽이 되든 밥이 되든 이번에야말로 꼭 해내야 한다고 생각하기도 했다. 그런데 죽이 되고 밥이 되는 과정을 굳이 왜 글을 읽는 사람들이 감당해야 할까? 그런 건…… 일기에나 써야 하지 않을까? 아이러니하게도 엘릭의 첫 책은 몇 년간 쓴 일기를 엮은 것이었다.

렌: 아빠 글 다 씀?

그렇다. '아빠 글', 이게 **그** 이유였다.
텔레그램 메시지를 보내온 건 거의
매일같이 연락하는 엘릭의 오랜 친구
렌이었다. 렌은 엘릭이 얼마나 긴 시간
'아빠 문제'에 시달려왔는지, 또 얼마나
자주 '아빠에게 글을 써서 복수할 것이다'
따위의 말을 해왔는지 잘 알고 있었다. 1년
전 편집자로부터 쓰고 싶은 글을 써달라는
청탁을 받았을 때 엘릭은 드디어 때가 왔다고
생각했다. 그리고 지체하지 않고 이 사실을
렌에게 알렸다. 엘릭은 왜인지 제 인생에서
가장 크고 무겁고 오래된 숙변 중 하나를
처리하는 과정을 렌이 놓쳐서는 안 된다고
생각하고 있었기 때문이다. 렌은 엘릭의
소식을 듣자마자 대박 존나 기대된다고 말했다.

하지만 격려와 각오의 순간은 잠시였다.
리서치랍시고 이런저런 아빠에 대해 남이
쓴 글을 읽고 남이 만든 영화를 보느라 금방
1년이 지나가 버렸으므로. 그 시간 동안
엘릭은 자기가 써야 할 글로부터 더 멀리
도망치기만 했다.

막연히 매기 넬슨의 《블루엣(Bluets)》처럼
명상적 메모가 모인 글을 쓸 수 있을 것
같다는 생각은 했다. 아니면 안드레아 롱
추의 《피메일스》처럼 비평적 에세이를 쓰는
것도 괜찮을 것 같았다. 앨리슨 벡델, 아니
에르노, 비비언 고닉, 수전 팔루디, 디디에
에리봉, 앤 카슨, 토베 디틀레우센, 칼 오베
크나우스고르…… 엘릭은 온갖 지랄맞은
외국 이름을 등대 삼아 아직 쓰지 않은 글의
윤곽을 희미하게 상상했다. 거의 안 보인다고
해도 좋을 윤곽이었다. 그러다가 정말

지켜야 하는 최종_최종_최종_마감일이 점차 가까워지자 엘릭은 결국 아빠 문제에 대한 정신분석학적 비평과 자신의 경험담이 반반씩 섞인, 이를테면 '자기 이론'에 가까운 뭔가를 쓰겠다고 마음을 굳혔다. 지난 수년간 인기를 끌고 있는 장르인 자기 이론이란 온갖 이론가, 철학자, 사회학자, 정신분석가의 이론을 동원해 쓴 자기 고백적이고 자기분석적인 에세이를 가리키는데, 한마디로 말해 읽기 어려운 에세이라는 뜻이다. '어려운 대상을 다루니까 어려운 글이 될 수밖에 없지.' 이렇게 자기 합리화를 하고 엘릭은 고름을 쥐어짜내듯 힘겹게 한 글자 한 글자, 엘릭의 엄마라면 틀림없이 읽기 어려워할 자기 이론 어쩌구를 써나가기 시작했다. 그게 벌써 2주 전의 일이다.

엘릭은 침실에서 핸드폰으로 렌의

메시지를 확인하고 거실로 나가 컴퓨터
책상에 앉았다. 렌에게 답장을 쓰기 위해서다.

　　엘릭: 아니 근데 나 소설로 다시 쓰려고
　　엘릭: 아무래도 그게 나을 것 같음 지금처럼
쓰면 좆망할 듯ㅋㅋ

　　상태 창을 통해 렌이 현재 텔레그램을
보고 있지 않다는 걸 확인한 엘릭은 다시
컴퓨터 앞에서 일어나 주방으로 향했다. 이
과정에는 아무리 길어봐야 총 10초가량이
소요되었는데 엘릭의 집은 거실과 주방이
명확히 나뉘지 않은 열 평짜리 원룸이었기
때문이다. 주방에서 엘릭은 커피포트에 물을
올리고 홍차 티백 봉투를 찢어 내용물을 컵에
넣었다. 얼마 전부터 엘릭은 저녁 시간에는
드립 커피 대신 홍차를 마시고 있었다. 그

편이 왠지 위에 더 '건강'할 것 같다는 전혀
근거 없는 판단 때문이었다. 엘릭은 요 몇
주 대폭 그 횟수가 증가한 스트레스성 음주
때문에 자신이 최소 위염이나 식도염에
걸렸을 거라고 확신하고 있었다. '운이
나쁘다면 궤양이 있을지도 모르지. 아니면
혹시······.' 혹시란 위암을 말하는 거였다.
초등학생 무렵부터 엘릭에게는 건강염려증이
있었다. 지금까지도 엘릭은 자신의 몸에 관한
거라면 조금도 참지 않고 가능한 빠르게
병원으로 달려가 밑도 끝도 없이 커지기만
하는 불안의 실체를 확인하고, 해소하고,
안심하고자 했다. 이번에도 엘릭은 위내시경
일정을 이미 잡아둔 상태였다. 그 전까지는
어떻게든 사태가 더 악화되지 않도록
관리하고 싶었다. 그게 아무리 자위에 불과한
헛짓거리라 할지라도 말이다.

커피포트가 탁 하는 소리를 내면서
멈췄다. 물이 다 끓었다는 신호였다. 엘릭은
뜨거운 물을 컵에 따라 들고 다시 컴퓨터
책상 앞에 앉았다. 앞으로 5분 뒤에는 티백을
꺼내야 저번처럼 떫은맛이 나지 않을 것이다.
그러는 사이 렌의 답장은 이미 도착해 있었다.

렌: 와 대박 존나 재밌을 듯ㅋㅋ

렌: 근데 님 소설 써본 적 있어요??

엘릭: 음

엘릭: 초등학교 때 이후로 써본 적 없음 (암전)

연달아 렌에게 답장을 쓰고 난 뒤 엘릭은
뜨겁게 부풀어 오른 충동에 갑작스럽게 누가
찬물이라도 끼얹은 듯한 기분을 느꼈다. 새삼
깨달았기 때문이다. '그러고 보니 나 **한 번도**
소설을 써본 적이 없잖아.' 엘릭은 소설 읽는

것을 좋아했고, 소설에 대해서 말하는 것도
좋아했고, 체력과 시간이 허락하는 한에서
소설에 대해 쓰는 것도 좋아했다. 하지만
소설을 쓰는 건…… 전혀…… 생각해본 적
없었다. 엘릭이 처음이자 마지막으로 쓴
소설은 초등학교 3학년 무렵 청소년 사이트의
한 게시판에서 연재했던 로맨스 판타지
소설이었다. 막 '사이버 문학', 요즘 말로는
'웹소설'이 태동하던 시기였다. 드래곤이
어쩌고 엘프가 어쩌고 하는 그 소설을 엘릭은
하나도 기억해내지 못했다. 그야 엘릭만의
독창적인 아이디어라고 할 만한 부분이
하나도 없었기 때문이다. 어디서 본 듯한
설정에 그럴싸해 보이는 대사를 왠지 비어
보이는 공간에 집어넣은 게 전부였다.

그때부터 지금까지 쭉, 엘릭이 생각하기에
엘릭은 **진짜** 작가가 아니었다—남의 작품과

남의 삶에 올라타야지만 뭐라도 겨우
만들어낼 수 있는 기생생물에 가깝달까. 한
줌의 예술 생태계 안에서 주로 비평가로
알려져 있는 엘릭은 때로 그런 자기 위치가
부끄러웠다. 그럴 때마다 비평가란 실패한
예술가나 다름없다는 대학 시절 자주
접하던 경구가 떠오르곤 했다. 최소한
엘릭에게만큼은 사실이었기 때문이다.
그러나 짧은 자학과 자책의 시간이 지나가고
나면, 엘릭은 대체로 비평가라는 직함이
보장해주는 재미에 100퍼센트 이상 만족했다.
일단 엘릭은 작가들이라는 족속을 좋아했다.
작가들은 하나같이 이상한 사람들이었다.
엘릭은 그런 이상한 사람들의 세계에 속하지
않고서는 살아갈 수 없었다. '비평'을 쓴답시고
작가들에게 다가가면 작가들은—뭐 최소한
열에 아홉 정도는—엘릭이 진짜로 비평을

쓸 수 있는 사람인지 어떤지는 묻지도
따지지도 않고 작품에 대한 진지한 대화를
나눠줬다. 엘릭은 그런 과정에서 아늑함과
편안함을 느꼈다. 또 작품 자체에 대해 떠들고
지껄이느라 하루를 쓰고 일주일을 써도
그게 만약 '일'이 된다면 아무도 이상하게
생각하지 않는다는 것도 좋았다. 비평가는
세상만사에 입을 대지 않고는 못 배기는
엘릭에게 좋은 알리바이였다. 이런 식으로
엘릭은 기생생물로서의 제 삶을 내심 아끼고
자랑스럽게 여겼다. 종종 일기를 쓰고
에세이도 썼지만 그조차도 비평가로서 쓴다고
생각할 정도로. 좋게 말하면 주제 파악을
잘하는 거겠지만, 나쁘게 말하자면 음흉했다.
엘릭의 수동성은 단지 나르시시즘을 불태우기
위한 땔감에 불과했다.
　　그런 엘릭에게 소설을 쓰는 행위는

전혀 고려 대상이 될 수 없었다. 그건 **진짜**
작가가 하는 일이지 기생생물이 하는 일이
아니었기 때문이다. 더 정확히 말하자면
이렇다. 엘릭은 자신이 **진짜** 기생생물이라고
생각했기 때문에 굳이 작가가 되어야 할
필요를 느끼지 못했다. 물론 이번 청탁은
처음부터 소설을 써달라는 제안이긴 했지만
엘릭 역시 처음부터 아빠 문제를 주제로
잡았던 만큼 그 결과물이—아무리 노력한다
한들—소설스러운 느낌이 조금 가미된
에세이에 가까워질 수밖에 없을 거라고 혼자
생각하고 있었다. 그러니까 엘릭은 **진짜**
소설을 쓰지는 않을 작정이었던 것이다.
다만 예를 들어서 이름을 살짝 바꾸는
방식으로, 즉 현실에 사소한 변형을 가하는
방식으로 어딘가 소설스러운 느낌을 낼 수
있을지는 모른다. 뭐 물론 엘릭의 가족을

포함해 알 사람은 다 알겠지만. 이것이 엘릭이 기대하고 있던 바였다. 하지만 어쩌다가 갑자기 **진짜** 소설을 쓰고 싶고 쓸 수 있다는 생각에 도달하게 된 걸까, 그것도 진짜_최종_최종_최종_최종_마감이 사흘 앞으로 다가온 이 시점에? 낮잠에서 깨어나 계시라도 받은 걸까? 그보다, 계시가 오기 전에 마감을 했다면 얼마나 좋았을까?

　　렌: 소설 한 번도 안 써봤는데 이번에 쓰는 거면 좋은 기회 같음
　　렌: 무조건 안 해본 거 해보는 게 좋은 거 같음
　　렌: 님 근데 지금 5분 지났음

　　엘릭은 렌의 메시지를 보고 그제야 홍차 티백을 컵에서 뺐다. 렌은 안정 지향적인 성향이 강한 엘릭이 드물게 도전 정신을 보일

때 무조건적인 응원과 지지로 응답하곤 했다. 엘릭은 그런 렌에게 늘 고마움을 느끼고 있었다. '얼른 완성해서 보여줘야겠다, 재밌게 읽을지는 모르겠지만······.' 너무 재미가 없는 나머지 렌이 소설에 아무런 응답도 하지 않는 최악의 시나리오를 상상하며 엘릭은 렌이 보낸 메시지에 모두 '하트'를 눌렀다. 최악을 상상하는 건 엘릭의 척수반사적인 습관이었다. '그런데.' 엘릭은 문득 생각했다. '내가 홍차 티백을 담가났다고 **렌**한테 말했었나?'

그때 푸고로부터 텔레그램 메시지가 도착했다.

　　푸고: 오늘 뭐 먹을까요?
　　푸고: (춤추는 곰돌이 이모티콘)

푸고의 퇴근 시간이 가까워지고 있었다.
푸고는 엘릭과 약 4년 가까이 만나고 있는
엘릭의 남자 친구였다. 엘릭은 '남자 친구'라는
단어에 늘 저항감을 느끼고 있었다. 엘릭은
푸고를 만나기 전까지는 성별이 남자인
사람과 정서적으로, 정신적으로 깊은 교류를
할 수 있다고 생각해본 적이 없었다. 딱히
남자가 열등해서가 아니라 그냥 그렇게
해본 경험이 없어서였다. 게다가 엘릭은 늘
여자로부터 충격과 공포, 감탄과 경이, 애욕과
애정, 자극과 흥미를 느꼈다. 여자가 아닌
다른 성별에 관심을 가질 여유도 이유도
없었다. 그러다 푸고를 만나는 '사건'이
생겼고 엘릭은 30대가 되어서야 성정체성에
뒤늦은 혼란을 겪었다. 레즈비언 정체성은
엘릭에게 고향이나 마찬가지였다. 남자
친구가 생겼다고 해서 당장 살림살이를 모두

싸 들고 나와 이성애자 동네로 이사 갈 수는
없었다. 갑자기 이성애자 동네에서 이성애자
섹스를 하고 이성애자 식사를 하고 이성애자
언어로 말할 수는 없었다. 엘릭은 그제야
정체성이라는 건 연애 상대의 성별 문제가
아니라 삶의 문제라는 걸—그렇게 '퀴어
이론'을 읽었는데도—온몸으로 이해할 수
있었다.

아니면 엘릭은 그냥 이사를 하기 싫은
걸 수도 있었다. 서울에 힘겹게 정착한 지
15년이 지났고 엘릭은 이제 어디로도 이사를
가고 싶지 않았다. 그래도 양심상 스스로를
레즈비언이라고—예전처럼—말하고 다닐
수는 없어서, 엘릭은 요즘따라 스스로를
'퀴어'라고 지칭하는 경우가 부쩍 잦아졌다.
대체 뭐가 들었는지 알 수 없는 수상쩍은 검은
봉다리 같다는 이유로 그 용어를 '비판적'으로

검토하는 글도 줄곧 써왔던 엘릭이었다.
막상 그런 검은 봉다리를 뒤집어쓰고 나니
생각보다 편안했다. 아무것도 설명하지
않아도 되니까. 게다가 아무것도 보이지도
않지……. 물론 엘릭은 내심 푸고가
여자였다면 얼마나 좋았을까 생각하기도 하고
실제로 푸고에게 여러 번 그렇게 말하기도
했다. 나름 레즈비언 정체성을 팔아 지면을
얻기도 했던 엘릭이기에 때로 면전에 대고
'변절' 어쩌고 하는 소리를 이제 그만 좀 듣고
싶었다. 푸고와 헤어지기만 하면 얼른 검은
봉다리를 벗어 던지고 떳떳한 레즈비언으로
다시 돌아가야지. 돌아가면 복수한다, 이
인정머리 없는 새끼들아! 하지만 그러기엔
엘릭은 푸고를 너무 사랑했다.

　　엘릭: 저 소설 쓰려고요

엘릭: 낮잠 자고 일어났는데

엘릭: 아빠 글 소설로 쓰라는 계시 받음

푸고: 헉.

푸고: 넘넘 재밌을 것 같아요.

푸고: (따봉을 보내는 고슴도치 이모티콘)

　　엘릭은 글에 자신이 유독 없을 때면 스티븐 킹이 자기 아내인 태비사 킹에게 그랬던 것처럼 푸고에게 제 눈앞에서 초고를 읽어달라고 부탁하곤 했다. 그러면 푸고라는 독자가 어디서 주의가 산만해지고 어디서 흥미를 느끼는지를 곧장 알 수 있었다. 엘릭은 푸고의 감을 무조건적으로 신뢰했다. 그런데 이 경우는 아직 초고가 없는 데다 푸고 역시 눈앞에 없어서, 푸고가 진심으로 마감이 사흘 남은 상태에서 원고지 100매짜리 소설을 쓰겠다는 얼핏 제정신이 아닌 것처럼 들리는 아이디어를 좋다고 생각하는지 확인할 방법이 없었다. 렌과 달리 푸고는 자기 이론 버전의 원고 역시 이미 읽었다. 그 버전도 사흘이면 충분히 완성할 수 있었다. 그만큼 써놓은 걸 폐기하고 한 번도 써본 적 없는 형식으로 새 글을 쓰는 게 정말…… 맞나? 구글 문서에 쓰고 있었던 자기 이론의 스크롤을 드륵 드륵 내리면서 엘릭은 자문했다. 일단 푸고를 물고 늘어져보기로 했다.

　　엘릭: ㄹㅇ?
　　엘릭: 마감 사흘 남았는데 가능?
　　푸고: 완전 가능이죠. 제가 도와드릴게요.
　　푸고: (엎드려 공부하는 고양이 이모티콘)

　　푸고는 자기 이론 버전의 원고를 어떤 이유에선지 전혀 언급하지 않고 있었다.

이건 무언의 신호였다. 아무래도 그 버전은 엘릭의 엄마뿐만 아니라 푸고 역시도 읽기 어려운——즉 재미라고는 없는 글이었던 것 같다. 그렇다면 일단 자기 이론은 잠정적으로 폐기하자. 아깝지만 언젠가는 쓸데가 있겠지. 엘릭은 말이 나온 김에 약간 식은 홍차를 홀짝이며 막 떠오른 소설의 줄거리를 푸고에게 써서 보내기로 했다.

　　엘릭: 무슨 내용으로 쓸지는 일단 다 정했음

　　엘릭: 그니까 내가 아빠에 대한 소설을 쓰기 전에 렌이랑 너랑 엄마하고 대화를 하는 내용인 거야

　　엘릭: 근데 이제 아빠가 갑자기 귀신이 돼서 등장함

　　엘릭: 아빠랑 무규칙 격투기 함

　　엘릭: 내가 아빠 이김

엘릭: 아빠 죽음

엘릭: 어때

엘릭: ?

엘릭은 연쇄적으로 메시지를 보내면서
혼자 피식거렸다. '아니 이런 거, 진짜 전혀
안 읽고 싶은데?' 엘릭이 보낸 메시지
왼쪽에 읽음을 의미하는 더블 체크 표시가
떴지만 푸고는 퇴근을 준비하고 있는지 바로
답장하지 않았다. 어쩌면 누가 급히 불러서
텔레그램 창을 끌 시간도 없이 자리에서
일어난 건지도 몰랐다. 어쨌든 푸고는
앞으로 한 시간 안에 퇴근해 집으로 올
것이다. 그때까지는 푸고에게 보여줄 소설이
최소한 몇 장, 아니 몇 줄이라도 있어야 어떤
식으로든 피드백을 받을 수 있을 것이다.
엘릭은 각종 메신저 창을 전부 종료한

뒤 자세를 고쳐 앉고, 마침내 소설을 쓰기 위해 구글 문서를 켰다. 문서 상단에 기본 제목으로 쓰인 'Untitled document'를 지우고 그 자리에 아빠 소설이라는 글자를 썼다. 이윽고 마우스를 옮겨 흰 스크린을 클릭하자 검은 커서가 깜빡였다. 그 길지 않은 시간 동안—50초 정도였을까—엘릭은 문득, 하지만 아주 오랫동안 해왔던 것만 같은 어떤 생각이 들었다.

'그냥 아빠 죽이지 말까?'

엘릭은 아빠와 복잡한 관계를 맺고 있었다. 특히 아빠가 죽고 난 뒤에는 더 그랬다. 한편으로는 아빠를 향한 연민이 있었다. 예를 들어 엘릭은 ○△대에 갈 때마다 아빠를 떠올렸다. 15년 전 엘릭이

○△대 수시 시험을 치는 날이었다. 아빠는
김해에서부터 ○△대까지 차를 몰고 왔다.
빨라도 다섯 시간 30분이 걸리는 거리였다.
엘릭과 아빠는 새벽에 가까운 이른 아침에
만났다. 거의 몇 개월 만이었다. 동이 튼 직후
푸르스름한 하늘에서는 차갑고 건조한 냄새가
났다. 엘릭이 다섯 시간 동안 실기시험을 치는
내내 아빠는 다른 학부모들처럼 바깥에서
엘릭을 기다렸다. 보통 수시 시험이 이뤄지는
시기가 그렇듯 추운 날씨였다. 어떻게 알고
대비를 했는지 비교적 따뜻한 김해에서 온
아빠는 파란 **노스페이스** 등산용 점퍼를 입고
있었다. 그가 제값 주고는 살 수 없었을 그
비싼 브랜드 점퍼는 아마도 짝퉁이거나 할인
매대에서 반의반 값으로 팔던 물건이었을
것이다. 독특한 인상을 남긴 노스페이스를
제외하고 그날의 기억은 흐릿했다. 아니

아빠와 관련된 기억 대부분이 그랬다.
왜곡되고 탈색되고 모호한 상태로 머릿속
어딘가를 부유하는 기억들.

　　수시 시험을 마친 엘릭을 보고 아빠는
많은 말을 하지 않았다. 아빠가 떠난 뒤에
엘릭이 울었던가? 아마도 그랬던 것 같다.
이곳까지 아빠를 오게 한 사람이 다름 아닌
자기 자신이라는 사실 때문에 엘릭은 슬펐다.
정 없고 무뚝뚝하고, 심지어 어떤 순간에는
맹렬하게 그를 증오하고 저주하는 자식을
위해 엘릭의 아빠는 여기까지 왔다. 그가
엘릭에게 어떤 사람으로 보여지고 싶었는지
엘릭으로서는 알 길이 없었다. 아마도
앞으로도 영원히 그럴 것이다. 그날 두 사람은
사진 한 장 남기지 않았다. 하지만 엘릭은
아빠가 자기를 보자마자 임플란트를 하지
못한 채 방치된, 빠진 이를 드러내고 활짝

웃어 보였던 장면을 기억한다. 그 장면 속에서
아빠는 엘릭에게 아무것도 숨기지 않는다.
서울내기들 사이에서 기가 죽지 않으려고
짝퉁 노스페이스를 입고 허리를 꼿꼿이
세우고 커피를 마셨을 아빠는, 그 장면 속에서
실기시험을 마치고 밖으로 나올 엘릭을
여전히 기다리고 있다.

이런 생각을 하고 있자면 엘릭은 늘
처음처럼 가슴이 미어졌다. 하지만 다른
한편으로 엘릭은 제 연민이 아빠에 대한
다른 감정들을 모두 집어삼킬까 봐 두렵기도
했다. 그렇게 쉽게 아빠를 용서하고 싶지도
않았고, 그만큼이나 잊고 싶지도 않았다.
엘릭은 언젠가 아빠와 싸우다 **그날** 일이 입
밖으로 튀어나왔던 때를 기억한다. **그날** 왜
그랬냐고 묻자 아빠는 한참 말이 없다가
고개를 떨구고 울면서 미안하다고 했다.

아빠가 흐느껴 우는 동안 엘릭은 두 사람
주변의 시공간이 갑작스럽게 싱크홀로 빨려
들어가 붕괴되고 있는 것 같다고 느꼈다.
처참한 기분이었다. 그때 이후로 엘릭은
단 한 번도 **그날**을 언급하지 않았다. 대신
엘릭은 한국 근현대사와 탈식민 남성성, 근친
성폭력과 트라우마, 조울증과 충동조절장애,
상실과 애도에 관한 책을 읽었다. 불교와
도교, 당연하지만 정신분석을 다룬 책은
그보다 더 많이 읽었다. 직접적으로 물어보고
싶었던 당사자가 제 기능을 하지 못하니
간접적으로라도 '왜' 그랬는지 이해하고
싶었다. '왜'에 집착하면서 엘릭은 우습게도
아빠가 어린 시절 내킬 때 해주던 '동기부여'
레퍼토리 중 하나를 떠올렸다. "뭐든지 궁금한
게 있으면 스스로 책에서 답을 찾아야 돼."
그 결과 엘릭은 대부분의 책이 다음과 같이

답하고 있다는 사실을 깨달았다.

　그냥, 받아들여…….

　하지만 그냥 받아들이는 게 '왜' 이렇게
어려울까?
　어쩌면 그냥 받아들이는 과정에 '아빠
소설'이라는 제목의 글을 쓰는 일이 포함되어
있는 걸까?
　그 글 속에서 아빠를 죽일지 아니면
살릴지 고민하는 일도 마찬가지고?
　그렇다면…….
　엘릭은 키보드에 두 손을 올린 채 잠시
망설이다 아까부터 머릿속에서 맴돌던 문장을
조심스럽게 써내려갔다.

　아빠는 나쁜 사람도 좋은 사람도 아니었지만

이상한 사람이긴 했다.

　첫 문장을 써놓고 엘릭은 뜬금없이 어디선가 읽었던 소설 작법에 관한 조언을 떠올렸다. 좋은 소설이란 모름지기 첫 문장이 기억에 남아야 하는 법입니다, 어쩌고…….
잠시 고민해봤지만 《파친코》의 첫 문장 정도만 기억에서 소환할 수 있었다. 하지만 첫 문장이 기억에 나지 않는다고 해도 좋은 소설은 좋은 소설이었다. 도대체 뭐가 좋고 좋지 않은지를 판단하는 기준이 되는지는 아직 잘 모르겠지만.
　그래서 엘릭은 비평가 모드의 브레이크를 해제하고 좀 더 써보기로 했다.

　지금 생각하면 조울증이 아니었나 의심될 정도로 기분 변화가 극심했고 성공하고자 하는 열망이 컸다. 그러다 IMF로 잘나가던 직장에서 잘리고 점차 폭력적으로 변했다. 어떻게 보면 전형적인 386세대 '한남' 가부장의 삶이었던 셈이다. 아빠가 살아 있는 동안 나는 물론이고 엄마와 두 동생은 큰 정신적, 물리적 고통에 시달려야 했다. 하지만 첫째 자식인 내 어린 시절 기억에 그는 다정하고 장난기 많은 아빠였다. 매일 아침 자가용으로 나를 초등학교에 데려다주면서 내게 《카네기 인간관계 지도론》 같은 자기 계발서에서 읽은 게 분명한 '자신의 의사를 분명히 밝히는 사람이 돼라'거나 '좋아하는 일을 절대로 포기하지 말라' 같은 격언으로 동기부여도 곧잘 해줬다. 나는 아빠의 지지와 기대, 관심과 사랑을 받고 있다고 느꼈다. 아빠가 내가 어설프게 쓴 로맨스 판타지 소설을 읽고 나의 '첫 번째 팬'이 되겠다고 한 기억은 잊을 수가 없다.

몇 년 뒤에는 대체로 죽이고 싶기만 한 아빠였지만.

문득 엘릭은 지금껏 '아빠'라는 단어가 이렇게 자주 들어가는 글을 한 번도 써본 적이 없었다는 사실을 깨달았다. 한 번도 써본 적 없는 건 소설 자체도 마찬가지였다. 그러자 갑작스럽게 불안해지기 시작했다. 엘릭은 두 문단 만에 의욕을 거의 상실해서 이 이상 전혀 쓰고 싶지 않다고 생각했다. 지금이라도 자기 이론을 살릴까? 아니, 누구도 첫 페이지부터 지그문트 프로이트와 줄리아 크리스테바 같은 이름이 등장하는 글 따위는 읽고 싶지 않을걸. 하지만 이런 식으로 시작하는 글 역시 누구도 읽고 싶지 않을 거라는 생각이 들었다. 대체 누가 남의 아빠 같은 걸 궁금해하겠어? 그 아빠가 알고 보니 동성애자나 트랜스젠더였다거나, 아니면 청부 살인업자나

아동성애자였던 게 아니라면 말이야. 하지만
엘릭은—공식적으로는 10년간—글을 써온
경험으로 직관할 수 있었다. 이렇게까지 쓰고
싶지 않다면 분명 거기에는 **뭔가** 이유가
있다고. 쓰지 않는다면 결코 알 수 없을 그런
이유가.

8년 전 아빠는 뇌졸중의 일종인 이름도
외우기 어려운 진단명을 받고 7개월을 투병하다
합병증으로 죽었다. 현장에서 일하던 중 갑자기
어지럽다며 쓰러진 뒤였다. 장례식은 조촐하게
치러졌고 나는 눈물 한 방울 흘리지 않았다. 단지
아빠가 가정 폭력 가해자라서 그런 건 아니었다.
나는 가정 폭력 가해자가 되기 이전의 아빠
역시 기억하고 있었다. 내가 울지 않은 건 다른
이유에서였다.

여기까지 쓰고 엘릭은 간절하게 담배가 피우고 싶어졌다. 이제는 완전히 식어버린 홍차에서 쓴맛이 올라왔다. 엘릭은 옥상으로 올라가기 위해 핸드폰과 담배를 챙겼다. 아마도 지금쯤이면 푸고가 답장을 보냈을 거라고 생각했다. 수면 모드로 바꿔놓은 핸드폰 스크린을 슬라이드하자 텔레그램 알림 대신 카카오톡 알림이 떠 있었다. 엘릭의 엄마였다. 엄마 새 번호: 위는 괜찮나?라는 맨 마지막 메시지를 누르자 공장에서 드물게 일찍 퇴근한 엘릭의 엄마가 보낸 아홉 건의 메시지가 쌓여 있었다.

엄마 새 번호: 결혼은 1989년 9월 3일 범일동 ☆○ 예식장에서 했지. 결혼 전 취업 준비할 땐가 무슨 교수가 아빠를 학교 생물 선생으로 소개시켜 준다고 돈을 준비하라네 어쩌네 했다가 포기함.

그러고 너 태어나기 전에 제약 회사 입사해서 몇 년 다녔나…… 근데 영업을 힘들어함ㅠ

　　엄마 새 번호: 그러고 당감동 전세로 이사 갔고 무슨 전기 공사하는 데 따라다니면서 일했음. 솔직히 그때까지는 괜찮았음ㅋㅋ 근데 우리보고 할아버지가 갑자기 전세 자금 빼서 진례로 이사 오라고 하심ㅠ 이사 가서 이제 공무원 시험 준비했는데 당시 경남에서 한 명 뽑는 산림과에 합격했음. 집안의 자랑이었지…….

　　엄마 새 번호: 근데 할아버지가 아빠 이름으로 낸 대출 때문에 몇 년 하다가 사표 썼음. 그렇게 해서 2000년까지 근무

　　엄마 새 번호: 그 이후로는 ㅋㅋ

　　엄마 새 번호: 생각하니까 또 힘들다

　　엄마 새 번호: 진단명은 뇌 지주막하 출혈

　　엄마 새 번호: 니 뭐 쓰고 있나?

　　엄마 새 번호: 논문도 써야 되는거 아님?

엄마 새 번호: 위는 괜찮나?

엘릭이 어젯밤 보낸 질문에 대한
대답이었다. 소설을 쓰게 될 줄은 전혀 몰랐던
시점에 엘릭은 엄마에게 두 사람이 결혼한
연도와 아빠의 초기 진단명을 물었다. 덧붙여
위가 또 안 좋아진 것 같아서 내시경을
예약했다는 근황도 전했다. 아빠 글을 쓰고
있다고는 하지 않았지만, 엄마는 엘릭이
가까운 사람들이 등장하는 에세이를 종종
쓴다는 사실을 이미 잘 알고 있었다. 엄마의
메시지는 에세이를 쓰기에 충분한 정보를
포함하고 있었다. '귀신이다, 귀신.' 엘릭은
몰래 하던 나쁜 짓을 들킨 기분으로 잠시
현관문 앞에 서서 엄마에게 답장을 보냈다.

엘릭: ㅇㅇ 소설ㅋㅋ

엘릭: 누구 비난하고 고발하는 글은 아님ㅎㅎ

변명처럼 말해놓고도 엘릭은 정말
이 소설이 누굴 비난하고 고발하는 글이
아닌지 궁금했다. 과연 죽은 아빠도 그렇게
생각할까? 하지만 어차피 죽은 아빠는 소설을
읽을 수도 없고 엘릭은 그런 죽은 아빠에게
감상을 물어볼 수도 없었다. 죽은 아빠는
자기 삶에 대해 말할 수도 없고 노스페이스
점퍼를 어디서 샀는지 알려줄 수도 없고 그날
엘릭에게 왜 그랬는지 해명할 수도 없다.
아무 힘도 없는 죽은 사람의 권리는 비밀의
형태로 보호받을 수밖에 없다. 하지만 동시에
어떤 방식으로든 그 비밀을 재현하는 건 산
사람에게 주어진 권리이기도 하다. 엘릭은
자기가 이 이상 쓰고 싶지 않다고 느끼는

이유가 바로 그 권리를 행사하고 싶지 않기
때문이라는 걸 어렴풋이 알고 있었다. 이
권리 게임은 아빠에게 절대적으로 불리했다.
산 엘릭은 죽은 아빠를 소설 속에서 제
맘대로 팰 수 있으니까. 엘릭은 이렇게 쓸
수 있을 것이다. 아빠는 나의 가해자였어요.
아니면 이렇게도 쓸 수 있을 것이다. 아빠라는
가해자가 내게 돌이킬 수 없는 충격과 상처를
주었어요. 이제라도 나는 이 소설을 통해 회복되길
원합니다.

　　하지만 엘릭은 아빠에게 **복수**하고
싶었던 거지 아빠를 **용서**하고 싶지 않았던
게 아니었다. 만약 죽은 아빠를 가해자라고
결정짓게 된다면 분명 뭔가를 돌이킬 수 없게
될 것이다. 그의 삶 전체가 가해자라는 이름
아래 덮어쓰이게 되겠지. 물론 아빠에게 그런

식으로 복수하는 건 엘릭의 오랜 소망이었다.
하지만 엘릭은 점차 **그날** 아빠의 나이와
가까워지고 있었다. 비록 아빠 수준으로 뭘
잘못하긴 앞으로도 어렵겠지만—그야 자식이
없으니까—엘릭의 30대 역시 엉망이었다.
엘릭은 간신히 부모 흉내나 내고 있었을
아빠에게 '왜'에 대해 대답할 두 번째 기회를
주고 싶었다. 그 대답을 통해 엘릭은 어쩌면
아빠에게 지금보다 더 잘 복수할 수 있을지도
모르고, 어쩌면 아빠를 용서할 수 있을지도
모른다. 그렇지만 그런 일은 현실에서는
결코 일어날 수 없을 것이다. 엘릭은 아빠의
죽음이 단지 화해의 계기뿐만 아니라 엘릭이
아빠에게 기회를 줄 수 있는 가능성 자체를
빼앗아갔다고 느꼈다. 그런 생각을 하고
있자면 허무했다. 엘릭이 아무리 혼자서
노력한다고 해도 아빠가 세상에 없다면 진짜

복수도 진짜 용서도 불가능할 테니까.

이제야 엘릭은 자기가 왜 소설을 쓸
수 있다고 느꼈는지 알 것 같았다. 정확히
말하자면 왜 소설이 아니면 안 된다고
느꼈는지 알 것 같았다. 엘릭은 아빠 문제를
다루고 싶으면서도 아빠를 진짜 문제로
만들고 싶지 않았고, 아빠에게 복수하고
싶으면서도 아빠를 완전히 회복이 불가능한
상태로 만들고 싶지 않았으며, 아빠를
용서하고 싶으면서도 아빠 탓을 멈추고
싶지는 않았다. 그리고 이 모든 짓거리를 더
이상 안 하고 싶어질 때까지 반복하고 싶었다.
만약 아빠가 살아 있었다면 이 과정이 꽤
지난하고 괴로웠을 것이다. 하지만 다행히
산 사람에게 따르는 제약이 죽은 사람에게는
없다. 이미 죽은 아빠를 **가짜** 아빠로 만들어
원하는 대로 **가짜** 복수를 하고 **가짜** 용서를

한다면 오히려 좋을 수 있다. 진짜 아빠와
직접 대면할 때의 정신적, 체력적 고갈에 대한
걱정도 없다. 가짜 아빠에게는 무한 복수와
무한 용서가 가능하다─그리고 양자를 무한
반복할 수도 있다.

엘릭은 담배를 꺼내 입에 문 채 옥상으로
향하는 계단을 올랐다. 입술에 달콤한 딸기
맛이 느껴졌다. 엘릭이 최근 몇 년 피우고
있는 핑크색 포장지의 멘솔 담배는 '여자'
담배라고 불렸다. 옥상 문을 열자마자 엘릭은
아빠와 마주쳤다. 아빠, 아니 **가짜** 아빠가
옥상에 있었다. 엘릭은 놀라지 않았다. 이건
엘릭이 쓰고 있는 **진짜** 소설이었으니까.
하지만 엘릭은 예의상 물고 있던 담배를
주머니에 숨겼다. 엘릭과 가짜 아빠 사이에
잠시 어색한 정적이 흘렀다.

엘릭은 한동안 아빠가 꿈에 나오지

않았다는 사실을 기억해냈다. 지난 몇 개월은
그랬다. 아니면 꿈에서 깨자마자 엘릭의
무의식이 잊어버리기로 결정한 걸 수도
있다. **그날**처럼 꿈 또한 애초부터 흐릿하고
불분명한 방식으로 존재했다. 확실한 건 가족
중 누구도 이렇게까지—아빠가 죽고 나서 더
자주—아빠가 나오는 꿈을 꾸지는 않는다는
것이다. 아빠는 엘릭의 꿈속에서 늘 건강했던
40대의 모습으로 등장한다. 소독약 냄새도
안 나고, 붓거나 썩은 곳도 없고, 앞니도
튼튼하고, 말할 수도 있고 걸어 다닐 수도
있는 모습이다. 지금처럼 말이다. 가짜 아빠는
금방이라도 '우리 공주'라고 부를 것 같은
얼굴로 빠진 이 하나 없는 치아를 드러내며
엘릭을 향해 환하게 웃었다. 엘릭은 이제
'공주'라는 단어에 디스포리아를 느끼지만
어차피 아빠 말고는 아무도 엘릭을 그렇게

부른 적 없었다. 가짜 아빠는 엘릭을 향해 가까이 다가왔다. 결단의 때가 왔다.

엘릭은 계획대로 무방비 상태의 가짜 아빠를 공격한다. 엘릭의 공격에 가짜 아빠는 '으악' 하는 소리를 내고 픽 쓰러져 죽는다. 가짜 아빠는 옥상 바닥에 잠시 죽어 있다가 금세 옷을 털고 일어난다. 엘릭은 일어난 가짜 아빠를 이번엔 다른 방식으로 공격한다. 가짜 아빠는 피할 새도 없이 그 자리에서 죽는다. 그러고 곧 대화부터 하자는 듯한 머쓱한 미소와 함께 일어난다. 아직 부족하다고 느낀 엘릭이 이전과 같은 방식으로 공격하려들자 이번엔 가짜 아빠가 휙 하고 피한다. 순간 분노를 느낀 엘릭이 아까보다 높은 강도로 가짜 아빠를 공격하고 가짜 아빠는 '크아악' 하고 괴성을 지르며 죽는다. 가짜 아빠는 다시 일어나고 엘릭은 다시 가짜 아빠를 공격한다.

가짜 아빠의 온몸에는 상흔이 가득하지만
그래도 완전히 죽지는 않는다. 그야 이미
죽었기 때문이다.

　해가 완전히 저물어 주위가 어둡다.
엘릭은 이제 이만하면 충분하다고 생각한다.
가짜 아빠를 너무 많이 죽여서 호흡은
거칠고 이 추위에 패딩을 벗어야 할 정도로
열이 오른다. 가짜 아빠의 희생 덕분에 이제
다음 문단으로 나아갈 수 있을 것이다. 그때
상처투성이의 가짜 아빠가 주머니에서 뭔가를
꺼낸다. 와인이다. 아마 집들이 선물로 준비한
것 같다. 집 앞 편의점에서 사온 중저가
와인이었지만 엘릭이 좋아하는 상표였다.
엘릭은 아무 말 하지 않고 마찬가지로
주머니에서 와인 잔 두 개를 꺼낸다. 마감이
얼마 남지 않았지만 이 정도 일탈은 괜찮을
것이다. 굉장히 오랜만에 만났으니까. 나는

아빠의 잔에 와인을 따르고 내 몫도 따른다.
우리는 와인을 마시며 '여자' 담배를 피우고
○△대 수시 시험 이야기와 그날 이야기를
한다. 나는 아빠에게 그날 왜 그랬는지
질문한다. 아빠는 사실대로 대답한다. 아빠는
나에게 지금 쓰고 있는 소설에 대해 질문한다.
나는 누굴 비난하고 고발하는 내용은
아니라고 생각하지만 아빠가 어떻게 읽을지
궁금하다고 대답한다…….

엘릭이 폐기한 '자기 이론' 원고의 일부

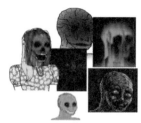

'대디 이슈(Daddy Issue)', 번역하자면 '아빠

문제'에 관한 한 내가 자주 떠올리는 밈은 '레딧'과

같은 영미권 인터넷 커뮤니티에서 만들어졌을 것이라

추정되는 저화질 이미지다. 묘사하자면 이렇다.

이미지 왼쪽에는 "대디 이슈가 있는 여성(Women

with daddy issues)"이라고 쓰인 글자 아래 자신만만한

표정의 '트롤 페이스'를 한 핑크색 긴 머리의 여성이

그려져 있다. 이 여성은 빨간 레오타드와 화려한 초커를 착용하고 삐딱한 포즈로 서서 팔과 다리에 그려진 빼곡한 문신을 당당히 드러내고 있다. 반면 이미지 오른쪽에는 "마미 이슈가 있는 여성(Women with mommy issues)"의 표상으로서 좀비나 악귀를 연상케 하는 '보작 페이스'가 여럿 나열되어 있다. 그중에는 얌전한 하늘색 블라우스를 입고 금발을 한 '트래드 걸'의 수줍은 얼굴을 해골처럼 변형한 버전도 있다. 이 예시들은 얼굴이라기엔 스스로의 비명마저 빨아들이는 블랙홀에 가까워 보인다. 나는 엄마의 영향 아래 자라 아직까지도 영향을 받고 있는 가까운 친구의 '평범한' 상태를 떠올리며 키득거리다 메신저 창에 가볍게 이 밈을 복사-붙여넣기 해 보낸다. 생각날 때마다 보내고 있으니 "씹고전ㅋㅋ"이라는 코멘트를 주고받는 게 어색하지 않다. 하지만 대디 이슈가 있는 여성의 이미지가 나와 지나치게 닮았다는 사실에는 도무지 익숙해지지를 않는다.

탈색한 금발에 전신을 뒤덮다시피 한 문신. 'TMI'지만 심지어 내 수영복 역시 빨간색이다. 아니, 잠깐만. 어떻게 이게 대디 이슈의 전 세계적인 표식일 수 있는 거지? 어떻게 다들 알고 있는 거야?

각 잡고 말해보자면 대디 이슈와 마미 이슈를 비교하는 해당 밈이 전하려는 바는 명백하다. 대디 이슈가 있는 여성은 아빠 문제를 자기과시와 성적 방종으로 처리한다. 한편 마미 이슈가 있는 여성은 '엄마 문제'를 '처리'하는 대신에 자기 자신을 죽음에 가까운 상태로 몰아갈 수도 있는 언어 없는 자기 분열과 자기 파괴의 수동적 공격성을 품고 살아간다. 다시 말해 대디 이슈는 여성을 도착증 환자로, 마미 이슈는 여성을 정신증 환자로 만든다는 것이 이 밈의 노골적인 메시지다. 이러한 메시지는 물론 교육받은 페미니스트에게는 불쾌감을 유발할 수 있다. 불쾌해진 페미니스트는 웃음기 없는 표정으로 어린 시절 성별적으로 분업화된 부모의 역할 수행이 한

독립적인 여성의 삶에 그렇게까지 결정적인 영향력을
행사할 수는 없다고 부연하고 싶어질 것이다. 특히
페미니즘이 의식하지 않을 수 없는 적인 정신분석이
세상 모든 문제를 아버지-어머니-자식 간 근친상간적
드라마 차원으로 소급해온 역사를 고려하자면
더욱 그렇다. 이미 한 세기 전 프로이트는 여성이
동성애자가 되는 까닭은 대디 이슈 때문이라고,
자신을 선택해주지 않은 아버지에게 복수하기
위해서라고 기술한 바 있다.

　　프로이트는 동성애에는 일가견이 있었을지
몰라도 여성에 대해서는 마치 '암흑 대륙'과 같다고
쓸 정도로 잘 몰랐다. 그야 여성에게는 남근이 없기
때문이다. 해부학을 정신분석의 운명으로 여긴 그는
어떻게든 여성을 이해하기 위해 여성에게 남근을
대신할 만한 '남근 선망'이라는 개념을 부착했다.
이 개념은 여자아이가 '정상적인' 성인 여성으로
발달하기 위해 반드시 거쳐야 하는 필수적인

관문을 설명한다. 성적 주체로 거듭나는 과정에서 여자아이는 자신에게 아버지 같은 남근이 없다는 사실을 깨닫게 된다. 남근 선망이란 이러한 결여에 대한 반응이다. 제대로 된 사회화를 거친 여성이라면 언젠가 남자아이의 임신과 출산을 통해 선망하던 남근을 소유할 수 있게 될 거라는 양보적인 대안에 만족할 것이다. 그러나 그런 대안에 만족하지 못한다면 아버지와 동일시를 포기하지 못하는 '작은' 남성으로, 열등감에 시달리며 남성 '행세'를 해대는 여성 환자로 남을 것이다. 프로이트의 아버지-남성-남근 깔때기는 놀라울 정도로 흡입력이 좋아서 인류 전체를 빨아들이고도 남는다. 이 글을 쓰고 있는 나는 물론이고 당신까지 말이다.

상황이 이렇기 때문에 프로이트 이후 등장한 페미니스트 정신분석 이론가들은 남근의 지위를 대체할 만한 이런저런 여성 신체 부위를 고안해보기도 했다. 대디 이슈에 필적할 만한 마미 이슈의 발명이 요구된 셈이다. 이를테면 카렌 호나이는 기실 프로이트와 같은 남성이 여성의 임신 능력을 시기하지만 자궁을 결여했기에 오히려 사회적 성취 능력에 집착하는 '자궁 선망'을 가졌다고 봤다. 멜라니 클라인은 남근 이전 사랑과 돌봄을 제공하는 '젖가슴'의 위상이 유아의 초기 성격 형성에 치명적인 영향을 미친다고 주장했다. '비체'와 같은 용어로 널리 알려진 줄리아 크리스테바는 '모체'를 쓰고 말하는 주체를 집어삼키는 힘을 지닌 초월적 대상으로 지목한다. 심지어 그는 '모체'에 너무 가까운 여성은 독립적인 존재로 살아남기 어렵기에 상징적 모친 살해를 여성 주체의 필수 생존 조건으로 정의하기도 한다. 이처럼 프로이트의 아버지-남성-남근을 어머니-여성-자궁·질·유방으로 덮어쓰려는 페미니스트 정신분석 이론가들의 끈질긴 노력은 물론 그 자체로 훌륭한 업적이다. 하지만 이들 또한 여성의 동성애가 마미 이슈에서

기인한다고, 어린 시절 충분히 모유 수유를
받지 못했기 때문이라고 대답할 가능성이 높다.
프로이트와 마찬가지로 이 또한 영 틀린 대답은
아닐 것이다.

웃자고 만든 밈에 죽자고 달려드는 것 같아
미안하다. 하지만 반복해서 말하건대 대디 이슈와
마미 이슈를 비교하는 밈으로 인해 아까부터 쭉
페미니스트의 얼굴이 딱딱하게 굳고 있다면 그건
그 어떤 여성도—아니 그 어떤 인간도 단지 자기
부모의 일부 신체 부위가 망쳐놓은 밀가루 반죽이
아니기 때문이다. 일부러 비꼬긴 했지만 앞서
열거한 페미니스트 정신분석 이론 또한 밀가루
반죽의 회복적 능력을 강조했다. 부모를 특정 여성
'정병러' 유형의 원인에 놓는 이런 종류의 편견은
부모의 힘과 책임을 불필요할 정도로 강화할
뿐만 아니라 여성 정병러를 납작하게 이해하도록
만들기에 유독 유해하다. 대디 이슈가 있는 여성은

성적으로 개방적이고 심지어 문란하지만 실제로는
이상적인 아버지 모델의 남성에게 취약하고
의존적이라는 뿌리 깊은 편견은 사실 그런 여성이
실제로 겪고 있는 대디 이슈 자체와 아무런 상관이
없다. 오히려 특정 유형의 여성이 얼마나 헤프고
약한가를 홍보하기 위해 남성 중심 사회 내에서
은밀하게 유통되는 의사 심리학 지식으로 기능할
뿐이다. 대디 이슈가 있는 여성과 마미 이슈가 있는
여성의 전형화는 바로 이런 현실을 해결하기보다
오히려 고착시킨다. 밈이라는 게 다 그렇지만
페미니스트로서는 문제적이라고 할 수밖에 없다.
그러나 변명의 여지가 없게도 나는 그런 편견만이
줄 수 있는 저항할 수 없는 어두운 기쁨으로
입꼬리가 슬쩍 올라가는 나 자신을 줄곧 발견한다.
내가 단 한 번도 말하거나 쓴 적 없고 심지어 인정한
적도 없는 내 삶의 진실을 그 일차원적인 편견이
이미 '알고' 있기 때문이다. 그 진실이란 바로

내가 아빠의 일부 신체 부위가 망쳐놓은 밀가루 반죽이라는 것이다.

● 53쪽 이미지 출처: "Not like other deranged girls", https://www. reddit.com/r/notliketheothergirls/comments/12qf2la/not_like_ other_deranged_girls/?rdt=39083

작가의 말

　　모린 머독은 어머니보다 아버지에게
긍정적으로든 부정적으로든 큰 영향을 받은
딸을 '아버지의 딸'이라 부른다. 아버지의 딸은
이상화된 아버지를 내면화한 딸로 남성(성)과
남성적인 가치 체계에 더 큰 의미를 부여한다.
어머니와 어머니의 여성(성)은 아버지의
딸에게 그다지 필요하지 않거나 심지어
하찮고 경멸스럽다. 이런 딸은 자라서도
아버지와 비슷하게 자신을 인정하고 승인해줄
역할 모델을 필요로 한다. 아버지의 딸이

대체로 사회적 성공을 향한 야심이 크고
목표 지향적인 이유다. 어떻게 보면 이 사회
전체가 아버지의 언어와 법, 질서와 규칙으로
이뤄져 있기 때문이다. 밸러리 솔라나스는
이런 아버지의 딸을 '대디 걸'이라 비난하며
한 치의 자비도 보이지 않는다. 남자는
거세를 통해, 동성애를 통해, 봉사(?)를 통해
구제받을 수 있는 반면 대디 걸에게는 희망이
없다. 대디 걸을 요즘 말로 번역하자면
'갓생 흥자'쯤 될까. 아이러니하게도 이런
갓생 흥자가 아버지라는 이름의 사회에서
성공하기 위해서는 결코 아버지의 권위를
위협하지는 않는 딸로 남아야만 한다.
일찍이 조앤 리비에르는 이를 '가면으로서의
여성성'이라는 개념으로 명쾌하게 설명한
바 있다. 스커트를 두르고 립스틱을 칠하는
'코르셋'은 아버지의 처벌을 피하기 위한 위장

전술인 셈이다.

여성성에 높은 가치를 두는 페미니즘은
아버지의 딸이 이제 그만 정신을 차리고
어머니와 관계를 회복해 내면의 여성성을
인정하고 살아갈 수 있기를 기대한다.
너는 여자고 아버지는 남자다! 아버지에
대해서는 그만 생각하길. 너의 폭군 같은
아버지를 견뎌내고 묵묵히 너를 길러내신
어머니가 멀쩡히 살아 계신다고. 알았으면
이제 가서 어머니에게 효도나 해라……!
물론 나는 능력이 되는 대로 어머니에게
효도할 생각이고, 할 수만 있다면 이미 죽은
아버지에 대해서도 그만 생각하고 싶다.
하지만 세상에는 어머니와 끝내 동일시할
수 없는 아버지의 딸, 아니 '아버지의 어딘가
좀 망가진 자식'도 있는 법이다. '아버지의
어딘가 좀 망가진 자식'이라는 문장을

쓰기까지 생각보다 꽤 오랜 시간이 걸렸다.
그가 내게 미친 영향력 자체를 인정하고
싶지 않았기 때문이다. 하지만 더 인정하기
어려웠던 건 심지어 내가 그런 그를 사랑하고
그리워한다는 사실이었다. 대체 이게 뭘까,
스톡홀름 증후군이라도 되는 걸까? 주디스
버틀러는 아동 학대가 문제적인 이유가
아동의 생존에 필요한 필수적인 사랑을
성인이 착취하는 데에 있다고 봤다. 아동은
가까운 성인이 아무리 쓰레기여도 어떻게든
사랑할 구석을 찾아낸다. 사랑을 줄 수
없다면 아동은 살 수 없기 때문이다. 아빠가
배신한 건, 주는 것 외에 다른 선택지 같은 건
존재하지도 않는 그런 사랑이었다. 내 사랑은
남용당했다. 나는 상처 입었다.

　물론 나에게는 아빠를 연민할 힘이
남아 있다. 그럴 수 있는 한에서 나는 상처

입은 "밀가루 반죽"만은 아니다. 누구라도
그럴 것이다. 하지만 나는 때로 내가 이런
방식으로 존재하게 된 까닭을 아빠에게서
찾곤 한다. 특히 계절성 우울이 심해지는
겨울이면 더 그렇다. 그럴 때마다 가짜 아빠를
만들어서 흠씬 팬 다음에 가짜 아빠가 속한
가짜 세상으로 돌려보내고 싶다. 가능하다면
돌려보내기 전에 때려서 미안하다고도 말하고
싶고 연고도 발라주고 싶다. 그러게 대체
맞을 짓을 왜 하셨냐고 물어보고도 싶다.
이게 《아빠 소설》을 쓰게 된 이유의 전부다.
내가 생각하기에도 이 많은 나무를 베고 많은
사람의 노동과 돌봄을 빌리고 또 그보다 더
많은 독자의 관심을 구하기엔 정말 약하디
약한 동기다. 믿기지 않을 수도 있겠지만 나는
대부분의 글을 특정 부류의 독자를 수신자로
가정하고 써왔다. 이 글은 예외 중의 예외다.

나에게는 "다음 문단"으로 나아가기 위해 필요한 작업이었지만 독자에겐 꼭 필요하지 않은 글일 수 있다. 그래도 어쩔 수가 없다. 그 정도로 내 생각만 하고 썼다. 다음 소설에서는 독자를 조금 더 고려할 수 있을 것이다. 부디 그때쯤엔 내가 독자에게 《아빠 소설》을 읽어준 빚을 적당히 치를 수 있기를 바란다. 한 번에 다 갚긴 어렵다. 뭐든 그렇다. 《아빠 소설》을 쓰는 와중에도 내가 언젠가 엘릭이 폐기한 '자기 이론' 버전 같은 '아빠 글'을 또 쓰게 될 거라는 걸 직감하는 것처럼.

아래부터는 해명이거나 변명이다. 눈치챘겠지만(?) 엘릭이라는 이름은 만화 〈강철의 연금술사〉의 에드워드 엘릭에서 따왔다. 또 이 소설 전체는 올해 내가 무척 재미있게 읽은 소설인 《노블리스트》의 구조를 참조하고 있다. 쓰다 보니 그렇게 됐다.

사실 작가가 글을 쓰다가 너무 안 써져서
고통받으며 딴짓을 한다는 구조 자체는
어떤 장르의 전형에 가까울 정도로 흔하긴
하지만, 그래도 영향을 받았기에 제목을
남겨둔다. 마지막으로 엘릭은 나와 닮았지만
어쨌든 내가 아니라는 사실을 강조하고
싶다. 소설 속 대화나 인물도 마찬가지다.
특히 내게 청탁을 해주고 원고를 아주
오랫동안 기다려준 곽선희 편집자와 소설의
편집자는 아예, 처음부터, 그냥 다른 인물이다.
혹시라도 마침표를 넣지 않은 문자를 보내는
편집자라고 오해할까 봐 설명한다.

2025년 3월
이연숙

이연숙 작가 인터뷰

Q. 인터뷰를 시작하기에 앞서, '리타' 님이라고 불러도 될까요? '이연숙'이라는 이름보다 닉네임인 리타에 익숙한 독자들이 더 많을 것 같아요. 인터뷰를 하는 저 역시 작가님이나 선생님보다는 리타 님이라는 호칭이 더 자연스럽게 느껴지고요. 그간 리타 님의 비평이나 일기를 읽어온 독자도 있을 테고, 《아빠 소설》로 리타 님을 처음 뵙는 독자들도 있을 텐데요. 작품을 읽은 독자분들께 간단한 소개와 인사를 해주시면 좋겠어요.

5년간 쓴 일기를 모은 책 《여기서는 여기서만 가능한》의 약력에는 "소수(자)적인 것의 존재 양식에 관심이 있다"고 쓰셨죠. 그리고 약력 마지막에는 항상 블로그 주소를 덧붙이시잖아요. 《여기서는 여기서만 가능한》도 블로그에 쓴 일기들을

엮은 것이고요. 저 또한 리타 님 블로그의
애독자로서(요즘은 조금 불성실했습니다만……)
리타 님의 약력, 그러니까 '간략하게 적은
이력'에서 블로그는 어떤 의미인지도
궁금합니다.

　　A. 안녕하세요. 이연숙입니다. 리타로도
불리고요. 주로 두 이름을 병기하는데,
어떻게 불러주셔도 좋습니다. 저는 '엘릭'과
마찬가지로 비평으로 분류되는 장르의
글을 자주 씁니다. 《아빠 소설》은 제 첫
소설이고요. 《아빠 소설》 이전에는 소설을
써본 적이 없어요. 첫 소설을 완성된 책의
형태로 발표하게 되어 민망합니다. 하지만
어느 한 부분이라도 재밌게 읽어주시면
좋겠어요.
　　블로그는 중학교 때 처음 개설한 이후

지금까지 쭉 쓰고 있으니까 약 20년 정도 운영한 셈이네요. 저의 집이라고 생각합니다. 그런데 이제 다른 사람들이 되게 자주 드나들어서 별로 비밀은 없는 그런 집인 거죠. 블로그에서 제가 쓰는 대부분의 글들, 이를테면 일기나 에세이, 비평이나 논평을 처음으로 쓰고 발표해왔어요. 특별히 전략적인 선택은 아니었고, 당시에는 그냥 글을 남들에게 보여줄 수 있는 공간이 블로그밖에 없었거든요. 아마 블로그와 더불어 저의 정체성 역시 많이 변화하지 않았을까 싶습니다. 블로그가 없었다면 계속 글을 썼을지 어떨지, 잘 모르겠네요. 저에게는 이런 사실들이 꽤 중요해서 늘 약력에 블로그 주소를 같이 적습니다.

물론, 언급해주신 것처럼 '소수자성'과 블로그를 같이 엮을 수도 있을 것 같네요.

종종 블로그는 퀴어나 페미니즘, 소위 '일탈적'
성적 실천이나 소수자적 감수성에 대해
말하는 사람들 간의 네트워크로 기능하기도
하기 때문이죠. 그런데 이런 역할은 대부분의
인터넷 커뮤니티가 하고 있는 것이라서요.
어쩌면 꼭 블로그여야 할 필연적인 이유
같은 건 없을지도요. 역시 이왕 자리 잡은
김에 "그냥 이사를 하기 싫"다는 게 제일 큰
이유일지도…….

Q. 《아빠 소설》에는 비평가인 '엘릭'과
엘릭의 오랜 친구 '렌', 엘릭을 '레즈비언'에서
'퀴어'로 만들어버린 남자 친구 '푸고'가
등장합니다. 처음 《아빠 소설》이라는 제목의
원고를 받고 파일을 열자마자 엘릭이라는
이름을 보고 크게 웃었어요. 아빠라는
단어와 엘릭이라는 이름이 나란히 붙어
있는 걸 본 이상 만화 〈강철의 연금술사〉의
주인공 '에드워드 엘릭'을 떠올리지 않을 수
없잖아요. 어린 시절 가족을 두고 떠나버린
아빠를 원망하던 에드워드는 소년 만화다운
이런저런 모험과 역경 끝에 재회한 아빠와
화해하지만, 아빠는 곧 죽어버리죠. 어쩌면
그런 결말이었기 때문에 에드워드가 아빠와
화해할 수 있었던 건 아닐까 하는 생각이
들어요. 만화 〈골든 카무이〉에서 "부모를
죽이는 건… 독립을 위한 통과 의례지"라고

말하는 오가타처럼요. 등장 인물들의 이름은
어떻게 '고르셨는지', 왜 짓지 않고 고르게
되었는지 궁금해요.

A. 원래는 이름 자리를 비워놓고 'ㅇ'이나
'ㅁ' 같은 대충 아무 자음을 넣었어요.
그리고 절반 이상 쓰는 바람에 이제 진짜
이름을 정해야 할 때가 왔을 때 대충 한국
이름만 아니면 좋겠다고 생각했어요. 그
이름의 주인공을 특정 성별로 연상하게
되는 게 싫었거든요. 그런데 아시다시피
뭐라고 이름을 짓든 그런 연상 과정을 피할
수는 없죠. 그러느니 차라리 어떤 방식으로
연상하게끔 길을 터주자고 생각하게 됐어요.
그래서 제가 한때 무척 사랑했던 일본 만화
〈강철의 연금술사〉에 나오는 에드워드
엘릭에서 성을 따온 이름, '엘릭'으로 짓게

되었습니다. 잘못된 동일시 대상인지
모르겠지만 어릴 때 에드워드처럼 되고
싶기도 했고요. 지금도 그런 것 같기도 하고?
사실 좀 헷갈립니다. 그 외 '렌'과 '푸고'는
모델이 된 인물에게 괜찮은 이름으로
지어달라고 요청했어요. 렌은 특별한 출처가
없지만 푸고는 만화 〈죠죠의 기묘한 모험〉에
나오는 '판나코타 푸고'라는 캐릭터에서 따
왔어요. 아예 만화 캐릭터를 연상할 수 있게
되니까 너무 현실적인 얼굴을 상상하지
않아도 되어서 마음이 편했어요. 저는 소설을
읽으면서 인물의 얼굴을 상상하는 편이거든요.
안 그러는 분들도 계시겠지만…….

　　에드워드 엘릭의 비극적(?) 부자 서사와
《아빠 소설》을 누군가가 연관 지어준다면
좋겠다고 생각했는데, 마침 그렇게
읽어주셔서 기쁩니다.

Q. 《아빠 소설》은 갑작스럽게 낮잠에서 깨어난 엘릭이(저는 이 장면에서 프란츠 카프카의 〈변신〉을 떠올리기도 했어요) "그래 씨발 소설을 써야겠다"고 결심하면서 시작돼요.(7쪽) 하지만 마감일은 이미 훌쩍 지나버렸고, "여태 마감이 아무리 늦어도 진심으로 화낸 적 없던 사람 좋은 편집자"로부터 최후통첩까지 받은 상황이죠.(9쪽) 실제로 리타 님도 원고를 늦게 주셔서 제 애간장을 태웠잖아요. 하지만 〈작가의 말〉에서 밝히셨듯 '사람 좋은 편집자'는 상상 속 인물입니다.

작품 속 편집자와 마찬가지로, 엘릭 또한 리타 님이 아니라 창작된 인물이에요. 하지만 군데군데 현실의 리타 님을 떠올리게 하는 부분들이 있어요. 비평가고, 일기를 엮은 책을 냈고, 김해라는 지명이 등장하니까요. 정체성과 당사자성을 매개로 글 쓰고 발언해온 리타 님을 오랫동안 따라 읽은 독자들이라면 좋든 싫든 어디서부터 어디까지가 리타 님의 이야기인지, 어느 부분이 엘릭의 이야기인지 골몰하며 읽게 됐을 것 같아요. 어쩌면 이건 "이름을 살짝 바꾸는 방식으로, 즉 현실에 사소한 변형을 가하는 방식으로 어딘가 소설스러운 느낌을" 내려고 한 "소설스러운 느낌이 조금 가미된 에세이에 가까"운 것(21쪽) 아닐까? 하고 궁금해했을 수도 있고요.

이렇게 실제와 가상을 구분하기 어려운 자전소설을 쓰는 데 부담이나 걱정은 없었나요? 왜 이런 글을 써야겠다고 마음먹으셨어요? 독자의 혼란을 의도하신 걸까요?

A. 의도가 아니었는데 혼란을
끼쳐드렸네요. 아마 제 역량 부족이었을
가능성이 커요. 하지만 저에게 《아빠 소설》은
어떻게 해도 소설이었어요. 소설이 아닐 수가
없었어요. 거기 쓰인 어떤 일도 실제로는 그런
식으로 일어나지 않았으니까요.

저는 에세이를 쓸 때 다른 사람들은
몰라도 제 안에서는 분명히 일어났던 일에
대해서만 써요. 최대한 그때 일어났던 그
일을 제 안에서의 진실에 가깝게 묘사하려고
합니다. 에세이에는 정답이 있어요. 매 문장은
그 정답을 향해 쌓아 올려지는 벽돌이고요.
하지만 《아빠 소설》을 쓰면서 정답이 있다고
느낀 적은 없었어요. 제 글을 읽어온 독자라면
대체 당신과 엘릭이 뭐가 그리 다르냐고
물을 수도 있겠죠. 평행 우주의 저라고 할
수는 있겠지만, 그렇다고 쳐도 엘릭은 제가

아니에요. 이렇게 우기기만 해도 다른 인물이 되다니 글로 하는 일에는 참 편리한 데가 있다는 생각도 듭니다…….

무책임하게 들릴 수도 있겠지만, '소설'이라는 장르로 스스로 규정하자 사람들이 헷갈려하거나 아니면 이건 (소설이 아니라) 에세이라고 딱 잘라 말하는 걸 듣는 게 재밌었어요. 일단 저는 나름의 기준에 따라 소설이라고 생각하고 있지만, 읽는 분들이 그런 선언적 장르 규정에 꼭 따라줄 필요는 없죠. 그저 재밌게 읽어주시길 바랄 뿐입니다.

Q. 반면 《아빠 소설》로 리타 님을 처음 알게 된 독자들에게는 낯설고 어려운 작품이었을 수도 있겠습니다. 오히려 그런 독자들이야말로 이 작품을 '진짜' 소설로 받아들였을지도 모르겠고요. 다만 리타 님을 모르는 독자들은 이전 질문에서 이야기했던 혼란스러워 한다든지 골몰하는 경험을 할 수 없었겠죠. 저로서는 제가 이 작품을 읽으며 느꼈던 읽는 재미가 덜 전달되는 건 아닌가 하는 걱정도 들었는데요. 리타 님을 모르는 독자들에게는 이 소설이 어떻게 다가가길 바라셨어요?

A. 부모 문제로 고통을 받거나 고통까진 아니더라도 고민이 많은 사람들이 있지 않습니까? 저는 20년 전에도, 10년 전에도, 5년 전에도 언젠가 아빠에 대한 길고 대단한

글을 써서 아빠 문제와 영영 이별하고
말겠다는 생각을 했습니다. 보시다시피
아직도 이러한 소망은 이뤄지지 못했습니다.
어쩌면 영영 이별하기 위해 '한 방'을 갈고
닦는 것보다, 차라리 부모라는 문제를 내
인생의 기본 설정 정도로 받아들이는 게 낫지
않을까? 적어도 그렇게 받아들인다면 더
실망하고 더 좌절할 일은 없잖아요. ⋯⋯라는
의도로 썼지만 어떻게 읽든 상관은 없습니다.
조금이라도 매력적으로 느껴지기만 한다면요.

Q. 그간 "레즈비언 정체성을 팔아 지면을 얻기도 했던 엘릭"은 푸고라는 '남자 친구'를 만나는 '사건'으로 인해 뒤늦게 성정체성에 혼란을 겪습니다. 30대에 들어설 때까지 "여자로부터 충격과 공포, 감탄과 경이, 애욕과 애정, 자극과 흥미를 느꼈"기에 "여자가 아닌 다른 성별에 관심을 가질 여유도 이유도 없었"건만, 엘릭은 레즈비언이라는 고향에서 쫓겨날 위기에 처해요. 엘릭은 이렇게 말합니다. "남자 친구가 생겼다고 해서 당장 살림살이를 모두 싸 들고 나와 이성애자 동네로 이사 갈 수는 없었다." 엘릭은 곧 '그냥' 이사를 하기 싫은 걸 수도 있었다고 이야기하지만, "정체성이라는 건 연애 상대의 성별 문제가 아니라 삶의 문제라는" 것에 대해 더 많은 이야기를 들어보고 싶었습니다(24~26쪽). 엘릭은 왜 이성애자

동네로 이사 갈 수 없었을까요? 어쩌면
이성애자 동네가 더 안락하고 풍요로울 수도
있지 않을까요?

저는 레즈비언 동네에 머무르고 싶어
하는 엘릭을 보며, 작가라는 "이상한
사람들의 세계에 속하지 않고서는 살아갈
수 없었"던(19쪽) 비평가 엘릭을 떠올리기도
했어요. 엘릭이 '퀴어'라는 수상쩍은 검은
봉다리를 뒤집어쓰고서라도, 아무것도 보이지
않은 채로 지내야 한다 하더라도 레즈비언
동네에 있고 싶어 했던 이유가 뭘까요?

A. 결국 《아빠 소설》을 쓰긴 했지만,
소설로 발전시키고 싶은 다른 소재
후보군들도 있었습니다. 하나는 오랫동안
'레즈비언'으로 정체화하던 한 인물이 남자와
사랑에 빠져 "레즈비언 동네"와 "이성애자

동네"를 왔다 갔다 하는 내용이에요.

다소 실험적인(?) 관계들도 그려지고요..

재밌을 것 같다고 생각했지만 일단 '아빠

문제'를 이 이상 방치할 수는 없어서 먼저

쓰게 되었습니다. 다른 하나는 한 퀴어

페미니스트가 '랟펨'이 된 과거 연인을

견디다 못해 그의 '흑역사'를 폭로하는

내용이에요. 20~30대 페미니스트들이 서로를

비난하고 모욕하는 장면을 묘사하고 싶다는

생각에서 출발했어요. 엘릭이 "레즈비언

동네"를 떠날 수 없는 이유와는 아무 상관이

없는 대답이지만, 저도 그 부분을 쓰면서

다른 글에서 더 구체적으로 써보고 싶다고

생각했거든요. 표면적으로 엘릭은 '삶의

문제'를 운운하고 있지만, 이사를 갔을

때 잃게 되는 게 더 많으리라는 계산도

있지 않을까요? 친구들도 집도 일도 전부

"레즈비언 동네"에 있다면 이사를 굳이 갈

필요가 없겠죠.

Q. 이 작품의 제목은 '아빠 소설'이고,
엘릭은 계속해서 아빠에 대해 몰두하고,
아빠에 대해 쓸지 말지 아빠를 죽일지
살릴지 고민하지만 정작 아빠라는 인물은
흐릿하게 느껴져요. 마치 "독특한 인상을
남긴 노스페이스를 제외하고 그날의 기억은
흐릿했다. 아니 아빠와 관련된 기억 대부분이
그랬"던 것처럼요.(32~33쪽) 물론 중요한
것은 아빠가 어떤 사람이었느냐보다, 엘릭이
아빠와 어떤 관계를 맺었느냐겠지만요.
엘릭과 아빠의 관계가 복잡하기 때문에,
엘릭이 아빠를 너무나 미워하는 동시에
연민하고 있기 때문에 이 희미하고 대사랄
것도 주어지지 않은 인물을 어떻게
받아들여야 하는지 무척 어려웠어요. 그렇게
독자들도 엘릭과 같은 위치에 놓이는
듯했고요. 엘릭과 엘릭의 아빠에 관한 소설을

써야겠다고 결심하셨을 때, 아빠를 다루는
방식에 대해 고민하셨을 것 같은데 어떻게
지금과 같은 소설이 되었나요?

A. 처음에는 엘릭과 아빠가 대화하는
장면이 있었어요. 아빠가 자기를 묘사하는
방식에 대해 엘릭에게 불만을 토로하며
자신의 권리를 주장하는 대사도 있었고요.
저는 아빠라는 인물에 대한 독자의
판단이 굉장히 미결정적인 상태로 남아
있기를 바라는데, 갑자기 그 인물이
나서서 자기표현을 하기 시작하니까
제가 불편해졌어요. 그래서 대화를 아예
없애버렸습니다. 본문에서 묘사하는 것처럼
"386세대"의 실패한 '가장' 이미지에 들어맞는
어떤 인물이라도 자유롭게 아빠 자리에 끼워
넣어 상상할 수 있으면 좋겠어요.

Q. 《아빠 소설》은 아빠라는 '문제'에 깊게 빠져 있는 만큼 '소설이란 무엇인가' 하는 질문도 던지고 있습니다. 그래서 이 작품의 제목은 《아빠 소설》이 될 수밖에 없겠다고 생각했어요. 앞선 질문을 통해 여쭈었던 소설과 에세이의 차이뿐만 아니라, 엘릭이 느끼는 소설과 비평의 위계에 관한 이야기도 있죠. 엘릭은 "그 망할 놈의 원고 때문에 지난 일주일간 집 반경 2킬로미터 이상을 벗어나본 적이 없"을 정도로(9쪽), 힘을 들여 글을 생산해내지만 자신이 '진짜' 작가라는 생각은 해본 적 없어요. "남의 작품과 남의 삶에 올라타야지만 뭐라도 겨우 만들어낼 수 있는 기생생물에 가깝"다고 느끼지요.(18~19쪽) 그런 '진짜' 기생생물인 엘릭이 '진짜' 소설을 씀으로써 '진짜' 작가가 되고자 합니다. 그리고 써내려간 엘릭의 '진짜' 소설을 독자들은

일부만 읽을 수 있어요. 주의를 기울여 이 작품을 읽는다면, 엘릭이 쓴 '진짜' 소설 속 아빠와 엘릭의 아빠가 같은 사람인지 아닌지 엘릭이 말하지 않는다는 것을 알 수 있습니다. 다만 반복해서 등장하는 아빠라는 단어를 통해 착각에 빠지기 쉬울 뿐이고요.

'진짜'와 '가짜'는 어떻게 알 수 있을까요? 엘릭은 어떤 글을 소설이라 확신하며 쓰려고 했던 걸까요?

A. '진짜'와 '가짜'는 예술대학 학부생들의 영원한 토론 주제일 것 같습니다. 그걸 구분하려는 안간힘 자체가 굉장히 안쓰럽고 우스꽝스러운 데가 있습니다. 그래도 남이 그러고 있는 걸 보는 건 재밌죠. 어떤 때는 숭고할 정도로 아름답기도 하고요. 《아빠 소설》에서는 소설과 비평의 관계뿐만

아니라 (뻔하지만) 현실과 꿈, 기억과 환상의
관계를 통해서도 '진짜'와 '가짜'를 경계 짓고
구분하는 일 자체의 어려움, 나아가 불가능함
자체를 말하고자 했어요. 현실에는 언제나
환상의 차원이 이미 개입되어 있다는 걸
알면서도 우리는 늘 확실한 걸 원하고, 곧
실망하죠. 이런 과정이 없다면 사는 게 또
얼마나 지루할까요. 또 '진짜'와 '가짜' 논쟁은
그 자체로 얼마나 격렬하고 치열한가요. 꼭
예술에 대해서가 아니더라도, 모든 사람들은
자기 나름대로 양보할 수 없는 '진짜'와
'가짜'에 대한 기준이 있습니다. 그런 생각을
하면 가슴이 웅장해집니다.

Q. 이 작품의 결말을 두고 여러 의견이 있을 것 같아요. 누군가는 "아빠는 나에게 지금 쓰고 있는 소설에 대해 질문한다. 나는 누굴 비난하고 고발하는 내용은 아니라고 생각하지만 아빠가 어떻게 읽을지 궁금하다고 대답한다……"가(52쪽) 소설의 결말이라고 생각할 수도 있고, 누군가는 "내가 단 한 번도 말하거나 쓴 적 없고 심지어 인정한 적도 없는 내 삶의 진실을 그 일차원적인 편견이 이미 '알고' 있기 때문이다. 그 진실이란 바로 내가 아빠의 일부 신체 부위가 망쳐놓은 밀가루 반죽이라는 것이다"를(60~61쪽) 결말로 받아들일 수도 있겠어요.

읽고 이해하는 데 공력을 요하는 이 〈엘릭이 폐기한 '자기 이론' 원고의 일부〉는 엘릭이 쓴 것인가요, 리타 님이 쓰신 건가요? 이 질문의 답을 독자의 몫으로 남겨두고

싶으시다면 어떻게 이런 형식을 취하게
되었는지 들려주시면 좋겠어요.

　　A. 작가의 말에《노블리스트》의 영향을
받았다고 썼는데요. 〈엘릭이 폐기한 '자기
이론' 원고의 일부〉를 부록처럼 덧붙이면서는
《가여운 것들》 역시 떠올렸습니다. 그런
마트료시카 같은 형식을 한번 취해보고
싶었거든요. 엘릭의 입장에선 과거 쓰인 글이
맨 뒤에 등장해서 소설 속 시간이 폐쇄적으로
순환하는 느낌도 개인적으로 재밌었고요.
결말은 당연히 하나라고 생각했는데,
말씀하시는 걸 듣고 나서야 '자기 이론'의
마지막 문장을 결말로 오인할 수도 있겠다는
생각이 드네요. 그런데 둘 모두를 결론으로
받아들이는 것도 가능할 것 같아요. 자신이
아빠의 '밀가루 반죽'이라는 걸 인정하면서도

아빠와 와인을 마시고 담배를 피우고 대화를 이어나갈 수도 있는 거죠. 잘 생각해보면 아빠에게도 아빠가 있어요. 아빠도 '밀가루 반죽'인 거죠. 둘 다 '밀가루 반죽'이니 잘만 하면 서로를 죽이지 않고 잘 살 수도 있겠죠.

Q. 심리학 책 혹은 유사 심리학 책을 읽다 보면 나의 모든 문제는 결국 어린 시절이 원인이라는 결론에 도달하게 돼요. 그런 결론을 맞닥뜨리면 '지금 부모 욕까지 하는 거냐?' 하고 발끈하다가도(사실 상관없음), 잘 생각해보면 부모님 때문이 맞는 것 같기도 하고, 내가 결정하거나 바꿀 수 없는 성장 환경으로 인해 '나'라는 존재가 결정된다는 것이 분하다가도, 한편으로는 내가 가진 문제들이 내 잘못이 아니라는 안도감을 느껴요.

〈엘릭이 폐기한 '자기 이론' 원고의 일부〉 역시 그래요. "Not like other deranged girls" 이미지를 보면서 "대디 이슈가 있는 여성의 이미지가 나와 지나치게 닮았다는 사실"에 놀라다가도(54쪽), 불쾌해져 웃음기 없는 표정 없는 페미니스트가 되어 프로이트 이야기를

하다가, 마지막에 이르러서는 "그런 편견만이
줄 수 있는 저항할 수 없는 어두운 기쁨으로
입꼬리가 슬쩍 올라가"고 말아요.(60쪽)

저항하기 위해 한껏 노력했으나 결국
저항할 수 없음을 알게 되는 것은 애초부터
저항하지 않았던 것과는 다르겠어요. 전자는
때로 카타르시스를 안겨주는 것도 같습니다.
누군가는 '360도 돌았다'고 말할 수도
있겠지만요. 비단 이 소설뿐만이 아니라 리타
님이 쓴 글들에는 이런 시소 타기 같은 재미가
있다고 생각해요. '사람 좋지 않은 편집자'
버전으로 이야기하자면, 이쪽도 저쪽도 다
욕해서 재밌다고요. 리타 님은 이 〈엘릭이
폐기한 '자기 이론' 원고의 일부〉를 왜 저항할
수 없음으로 끝맺으셨나요?

A. 그 문장을 쓰면서는 '밀가루 반죽이

아닐 수도 있는데, 그냥 밀가루 반죽일 수도 있다고, 이렇게만 쓸까?'라고 고민했어요. 그러다가 문장 자체의 힘이 좋아서 그냥 '밀가루 반죽이다'라고, 그렇게 단정 지어버렸어요. 말씀하신 것처럼 "360도 돌"아서 고작 그런 결론으로 가버린 게 저에게는 꽤 상쾌해요. 막연한 느낌을 박박 긁어 제대로 설명해낼 때의 해소하는 쾌감이 있는 거죠. 아니면 그냥 박박 긁는 반복 행위 자체에 강박이 있는지도 모르고요. 제가 왜 늘 저항할 수 없는 어떤 구덩이 같은 곳으로 향하게 되는지, 그리고 왜 고작 그런 구덩이로 향하기 위해 원고지 수십 매 분량의 "시소 타기"를 하는지 저도 잘 모르겠어요. 로런 벌랜트는 이론이 단지 (이런 시국에) '시간 끌기' 역할만 해도 충분하다는 식의 말을 한 적이 있어요. 저도 비평이 '시간 끌기'라는,

판단 중지의 공간을 창출할 수 있다면 그걸로 충분하다는 생각이 듭니다. 이렇게 꽤 의미 있어 보이는 말을 하고 있지만,《아빠 소설》의 결말이 이미 두 개로 갈라져 있는 것처럼, 저도 늘 두 개의 이야기를 동시에 하고 있는 것 같기도 해요. 제가 "360도" 도는 이유는 물론 모두에게 가능한 모든 관점을 검토해주기를 요청하기 위해서지만, 동시에는 그냥 제가 그렇게 하는 걸 좋아해서죠.

한 조각의 문학, 위픽 wefic

연여름 《2학기 한정 도서부》
서미애 《나의 여자 친구》
김원영 《우리의 클라이밍》
정지돈 《현대적이라고 말할 수 없는 죽음들》
이서수 《첫사랑이 언니에게 남긴 것》
이경희 《매듭 정리》
송경아 《무지개나래 반려동물 납골당》
현호정 《삼색도》
김 현 《고유한 형태》
이민진 《무칭》
김이환 《더 나은 인간》
안 담 《소녀는 따로 자란다》
조현아 《밥줄광대놀음》
김효인 《새로고침》
전혜진 《고르디우스의 매듭을 자르면》
김청귤 《제습기 다이어트》
최의택 《논터널링》
김유담 《스페이스 M》
전삼혜 《나름에게 가는 길》
최진영 《오로라》
이혁진 《단단하고 녹슬지 않는》
강화길 《영희와 제임스》
이문영 《루카스》
현찬양 《인현왕후의 회빙환을 위하여》
차현지 《다다른 날들》
김성중 《두더지 인간》
김서해 《라비우와 링과》
임선우 《0000》
듀 나 《바리》
한유리 《불멸의 인절미》
한정현 《사랑과 연합 0장》
위수정 《칠면조가 숨어 있어》
천희란 《작가의 말》
정보라 《창문》
이주란 《그때는》
김보영 《헤픈 것이다》
이주혜 《중국 앵무새가 있는 방》

위픽은 위즈덤하우스의 단편소설 시리즈입니다.
'단 한 편의 이야기'를 깊게 호흡하는
특별한 경험을 선사합니다.

이 작은 조각이 당신의 세계를 넓혀줄
새로운 한 조각이 되기를.
작은 조각 하나하나가 모여
당신의 이야기가 되기를.

당신의 가슴에 깊이 새겨질
한 조각의 문학, 위픽

위픽 뉴스레터 구독하기
인스타그램 @wefic_book

– 85

아빠 소설

초판 1쇄 인쇄 2025년 2월 28일
초판 1쇄 발행 2025년 3월 19일

지은이 이연숙
펴낸이 최순영

출판2 본부장 박태근
스토리 팀장 김소연
편집 곽선희 김다인 김해지
디자인 김준영 이세호

펴낸곳 ㈜위즈덤하우스 **출판등록** 2000년 5월 23일 제13-1071호
주소 서울특별시 마포구 양화로 19 합정오피스빌딩 17층
전화 02) 2179-5600 **홈페이지** www.wisdomhouse.co.kr

ⓒ 이연숙, 2025

ISBN 979-11-7171-735-4 04810
      979-11-6812-700-5 (세트)

값 13,000원

· 이 책의 전부 또는 일부 내용을 재사용하려면 반드시 사전에
  저작권자와 ㈜위즈덤하우스의 동의를 받아야 합니다.
· 인쇄·제작 및 유통상의 파본 도서는 구입하신 서점에서 바꿔드립니다.